Marilyne
D

Du train où vont les choses
à la fin d'un long hiver

Du même auteur

Chez Robert Laffont

Le Grand Jardin, roman (prix Bernheim).

Aux éditions Le Castor Astral

Choses qu'on dit la nuit entre deux villes, roman
(Prix franco-belge des lycéens).
La Longue Promenade avec un cheval mort, roman
(prix Alexandre-Vialatte).
Qu'il pleuve, roman.
Mémoires d'un ange maladroit, roman.
La Grève des archéologues, roman.
La nuit est la dernière image, roman.
Bel Amour, chambre 204, romance.
La Longue Course / Poèmes 1975-2000 (prix Carême).
Ici on parle flamand & français (Une fameuse collection de poèmes belges), anthologie.
Une fraction d'éternité, poèmes & petites proses.
Zoologie, fables & récits (avec des illustrations de Chris De Becker et de Noé & Lucas Dannemark).

Chez d'autres éditeurs

33 voix, poèmes traduits en 33 langues, Cadex.
L'Homme de septembre, roman, Estuaire (avec des dessins de Chris De Becker et des photos d'Yves Fonck).

www.francisdannemark.be

Francis Dannemark

DU TRAIN OÙ VONT LES CHOSES À LA FIN D'UN LONG HIVER

roman
(de gare)

ROBERT LAFFONT

ISBN : 978-2-221-11506-0

À Nicole Zavatero, qui a indiqué la voie.
À Carine Kirkove, qui a approuvé le trajet.
À Nathalie Masset, qui a lu et relu les horaires.
À Jacqueline Rousseaux, qui a invité au voyage.
À Brigitte Lannaud-Levy, qui attendait sur le quai.

Et à Petros, pour le sens du voyage.

« On mesure l’intelligence d’un individu à la quantité d’incertitudes qu’il est capable de supporter. »

Emmanuel Kant

« La vie, c’est comme une bicyclette : il faut avancer pour garder l’équilibre. »

Albert Einstein

« Il n’y a rien au monde qui coûte plus cher que l’argent. »

Marcel Havrenne

Prenant la relève de la neige qui a annexé le décor de la ville presque sans relâche depuis décembre, de longues pluies passent jours et nuits à refaire le monde à leur mesure. Le chauffeur de taxi est originaire d'Afrique. Il dit en éclatant de rire que s'il avait su, il aurait emporté avec lui une pirogue. Christopher sourit. Le chauffeur lui dit qu'il sera à l'heure à la gare, qu'il n'a aucune raison de s'inquiéter. Christopher n'est pas inquiet. Il aura de toute façon de l'avance. Il s'y prend toujours bien à temps. Le chauffeur le regarde dans le rétroviseur : un homme de cinquante ans, le visage osseux, les yeux très clairs, l'air paisible, qui lui demande s'il aime vivre à

Bruxelles. « S'il faisait moins froid, je dirais oui tout de suite. Mais même quand il fait froid, oui, j'aime bien vivre ici. Les gens sont gentils, en général. Le problème, c'est que les affaires vont mal, il y a de moins en moins de clients. Mais comme il n'y a plus de place nulle part pour se garer, il y a beaucoup de petites courses, on voit plus de gens, des gens différents. »

Sur le trottoir, pendant que le chauffeur sort sa valise du coffre, Christopher, qui n'a pas boutonné son pardessus, se retrouve gonflé par le vent comme la voile d'un bateau et poussé avec force vers le bâtiment de la gare. Le chauffeur ne peut pas s'empêcher de rire. « Je dois avoir l'air d'un épouvantail », dit Christopher, en essayant d'extraire son portefeuille de son veston pour régler la course. Un second taxi a pris place derrière le sien. Le vent qui tournoie semble empêcher la passagère d'ouvrir la portière. Christopher, qui a plus ou moins repris le contrôle de sa position dans l'espace, s'emploie à l'aider. Le deuxième chauffeur, pendant ce temps, s'occupe des bagages de sa cliente. Emma a les cheveux ébouriffés et blonds. Surtout ébouriffés. Autour de quarante ans. Quelque chose d'amusé dans le regard. Elle remercie Christopher. Éreintée, la bourrasque s'est éteinte. La pluie fait une courte pause. Chacun paie ce qu'il doit, les taxis se remettent en route, Emma entre dans la gare d'un bon pas, Christopher la suit d'un pas plus lent et, malgré ses jambes sensiblement plus longues, il accuse un léger retard. Elle se glisse dans la foule quelques instants avant lui. Février n'est pas loin de se terminer. Il est 13 heures et des minutes.

Paris, gare du Nord puis gare Montparnasse. Sur le quai d'où va partir le TGV à destination de Bordeaux, Bayonne, Biarritz, Saint-Jean-de-Luz et Irun, un homme, s'arrimant de la main gauche à la poignée de sa valise, fouille de la main droite la poche intérieure de son manteau. Rien. Il fait ce geste de la main, rien, et regarde dès lors par terre autour de lui. Il ne manque que le vent pour qu'il se mette à tournoyer. Mais le vent ne lui dit rien, c'est une autre voix qui s'adresse à lui :

— Si vous cherchez des billets de train, j'en vois qui dépassent de votre poche gauche.

Il abandonne sa valise et a vite fait de vérifier. Il se retourne et sourit, c'est la première version du merci qu'il dit à la femme en face de lui. Puis il s'excuse avec un peu plus de « euh... » qu'on n'en utilise usuellement.

— Je suis très... C'est-à-dire pas toujours mais dans les gares oui, distrait, j'ai la tête ailleurs, enfin non... c'est plutôt que je n'arrive jamais à me souvenir de la poche où je range mes billets et alors je les déplace et je crois que c'est pire...

Il regarde l'horloge, il reste du temps avant le départ, puis il regarde à nouveau la femme, elle sourit de sa maladresse.

— Quand vous souriez comme ça, vous ressemblez beaucoup à l'actrice Holly Hunter.

— *Things You Can Tell Just by Looking at Her...*

— Oh, vous connaissez ce film ?

— J'ai vu au moins trois fois ces (*Choses que je sais d'elle d'un simple regard.*)

— C'est le genre de titre que personne n'arrive à retenir avec exactitude...

— Je me suis forcée. J'avais envie de le recommander à des amis et je me suis dit que ça ne ferait pas très sérieux si je bricolais le titre.

— Vous avez raison. Mais, dites-moi, nous nous sommes déjà rencontrés, n'est-ce pas ?

— Je confirme. Je m'en souviens comme de la dernière pluie…

— Oh oui ! Le vent qui bloquait la portière du taxi devant la gare du Midi ! Vous preniez donc le train pour Paris. Je ne vous y ai pas vue.

— Moi si, de loin. Et de loin, sur le quai, votre tête dépassait un peu dans la foule.

Il regarde sa montre. Le train part dans cinq minutes. Il lui demande si elle le prend.

— Oui, c'est pour ça que je suis là. Vous êtes dans quelle voiture ?

Il ajuste ses lunettes, lui dit un chiffre. Ils sont dans la même voiture. Comme des places sont libres au milieu, là où l'on s'assied face à face, ils s'installent et attendent sans rien dire que le convoi démarre.

La voix d'accueil a quitté les haut-parleurs après les informations d'usage. Le train commence à augmenter sa vitesse. « Je m'appelle Christopher », dit-il en lui tendant la main. « Ravie de vous revoir. Je m'appelle Emma. »

Elle le regarde un moment avant de dire :

— Je vous ai déjà vu. J'en suis sûre.

— Avant la pluie, vous voulez dire ?

— Oui, et il y a longtemps, c'est un souvenir derrière d'autre souvenirs.

— Pour ma part, je suis désolé, je ne me souviens pas de vous. J'y pense : on a vu ma tête une fois ou l'autre dans des débats à la télévision. Des émissions sur l'avenir de la culture, des choses de ce genre, qui passent en fin de soirée, très tard, ou le dimanche matin.

— Je regarde très peu la télévision, et jamais les débats, ça m'étonnerait que ce soit ça. Que faites-vous comme travail ?

— Depuis quelques années, ça porte un nom qui est censé inspirer le respect, j'imagine : opérateur culturel. Avant, j'étais plus simplement quelqu'un qui organise des festivals, des expositions, des colloques…

— Dans tous les domaines ?

— La musique, au départ. Mais aussi la danse, le théâtre, avec des incursions dans le domaine de la littérature, du cinéma, de la photo…

Elle l'interrompt d'un geste de la main.

— Je me souviens maintenant ! Je vous ai vu sur scène ! Un monologue. C'était très drôle. Vous racontiez une histoire ahurissante avec beaucoup de détachement, comme si toutes les choses absurdes qui vous étaient arrivées étaient parfaitement naturelles. Vous étiez sur le point de devoir épouser un éléphant suite à la signature d'une pétition, quelque chose de délirant de ce genre. Très Monty Python. Et aussi, il y avait un contrebassiste qui ponctuait votre histoire, vous vous adressiez à lui et il vous répondait en pinçant ses cordes. Vous étiez incroyablement drôle !

Il l'écoute tête baissée, en rougissant légèrement.

— Je suis confus… Vraiment, je crois que j'aimerais mieux que vous ne vous souveniez pas de cela. C'est une sorte de… d'accident. Un auteur invité au festival s'était désisté, il devait écrire une courte pièce comique pour un comédien et un musicien, je me suis retrouvé à écrire quelque chose pour eux, pour ne pas les laisser tomber. Et finalement, la veille de la représentation, le comédien a fait une extinction de voix… et puis voilà. Il y a eu cinq, six représentations, dans une petite salle. J'étais si stressé que ma peau était devenue verte. Ou bleue, je ne sais plus… C'est incroyable que la personne qui est assise en face de moi aujourd'hui, dans ce train, ait vu ce… comment dire ?... ce numéro, il y a dix ans.

— Vous n'aimez pas que la vie rappelle de temps en temps que le monde est tout petit ?

— Si, cela me ravit. Mais à coups d'éléphant, ce n'est pas courant, reconnaissez-le.

— En effet. Et si je comprends bien, vous n'avez pas fait une carrière d'acteur.

— En aucune manière !

— Dommage. J'avais assisté durant le week-end à ce festival avec une amie qui avait insisté pour que je l'accompagne. Dans l'ensemble, c'était plutôt sérieux et je m'étais un peu ennuyée – sauf lors de ce spectacle. J'avais ri !

— Me voilà consolé et pardonné d'avoir usurpé le titre de comédien pour quelques soirs.

— Vous vous occupez encore de théâtre ?

— Non.

— D'autres projets ?
— Non. Enfin si… M'en aller. Arrêter.

Elle le regarde. Il sourit, gêné, la confidence lui a échappé, pas moyen de la rattraper.

— La dernière fois que j'ai eu l'impression que l'hiver n'allait jamais se terminer, c'était il y a plus de trente ans, dit Christopher après avoir longuement observé la campagne détrempée sous le ciel qui additionne les nuages.

Il dit cela comme un joueur d'échecs devant une partie compliquée mais intéressante.

— Un de mes amis travaille à l'Institut météorologique, dit-elle. C'est sa passion depuis l'enfance. Il dit qu'une violente tempête se prépare. Et qu'après ce sera le printemps. Comme si l'hiver avait construit une muraille qui doit être cassée pour que le changement de saison puisse se produire.

— C'est rare aujourd'hui, les météorologistes qui aiment les métaphores et les fables.

— Ça ne favorise pas trop sa carrière… Mais ils le gardent parce qu'il a souvent raison. Son patron l'appelle la Grenouille, pour tout dire. Son autre passion, c'est la peinture japonaise, qu'il connaît bien et qu'il pratique lui-même avec un certain talent.

— Quelqu'un de bien, votre ami. Il ne faut donc désespérer de rien. Et vous, dites-moi, quel est votre métier ?

— J'ai grandi dans une famille où l'on parle toutes sortes de langues. Mon père est belge d'origine hollandaise et élevé en Angleterre, ma mère vient d'Allemagne, et sa sœur, qui a vécu longtemps avec nous, avait épousé un Brésilien rencontré à l'Exposition universelle en 1958. Devinez ce que j'ai fait : je suis devenue interprète. Mais ça n'a pas duré longtemps…

Elle regarde à son tour le paysage, des voitures minuscules et lentes sur une route, près d'une rivière. Elle sourit avant de poursuivre.

— Ça n'a pas duré parce que j'avais trop envie d'intervenir quand je n'étais pas d'accord avec ce qui se disait et ça me faisait perdre le fil. On m'a virée puis recasée au service des traductions. Et là, c'est moi qui suis partie, je m'endormais sur ces textes administratifs. Dans la foulée, j'ai quitté mon mari. Lui, il adorait ce travail. Il dirige d'ailleurs aujourd'hui la société où nous travaillions tous les deux.

— C'est pour ainsi dire une rupture pour incompatibilité linguistique, dirait-on.

— Pour incompatibilité généralisée, à vrai dire.

— Et qu'avez-vous fait ensuite ?

— Une crise de cafard. Puis un voyage.

— Loin ?

— En Afrique du Nord. Je voulais voir le désert.

— Et ça vous a fait du bien ?

— Pas du tout. L'avion sur lequel je faisais la dernière partie du trajet a dû se poser en catastrophe au milieu de nulle part et son train d'atterrissage a refusé de fonctionner. Une expérience terrible. Bien pire que les montagnes russes du plus affreux parc d'attractions qu'on puisse imaginer. Mais pas un seul blessé grave. On a juste dû attendre des heures dans le désert. Très chaud, ce genre d'endroit. Trop. Alors je suis rentrée. En train et en bateau. Et sur le bateau, au milieu de la Méditerranée, j'ai rencontré une femme un peu plus âgée que moi qui allait créer une petite chaîne de boutiques spécialisées en produits de beauté naturels, alimentation bio, bien-être, etc. Je n'y connaissais rien, rien du tout, mais elle était sympathique, à la fois très rigoureuse et un peu illuminée, elle cherchait une acheteuse polyglotte, j'ai accepté. De retour à Bruxelles, je me suis dit que j'étais folle, que l'accident d'avion m'avait fait perdre la raison…

— Vous connaissez l'écrivain anglais Gilbert Keith Chesterton ? Il a écrit que le fou n'est pas celui qui a perdu la raison mais celui qui a tout perdu sauf la raison…

— Quel beau paradoxe ! Maintenant je dirais que c'est vrai. À l'époque, j'ai eu des doutes quand même… Mais ça s'est bien passé. Et je travaille toujours pour cette femme qui n'arrête pas de lancer des idées nouvelles pour ses magasins. Elle propose de la poésie persane, des thés indiens, des stages de *dance-therapy*, des films introuvables des quatre coins du monde, des cours de cuisine libanaise…

Christopher la regarde tandis qu'elle énumère des merveilles.

— C'est un métier ensoleillé, dit-il.

— La plupart du temps, oui. Financièrement, ce n'est pas brillant, bien sûr. Je gagne deux fois moins que ce que je gagnerais si j'avais gardé mon ancien travail mais je m'amuse dix fois plus.

— Vous allez à Bordeaux pour votre travail ?

— Non. D'ailleurs je ne vais pas à Bordeaux.

— Des vacances à Biarritz ?

— À cette saison, il faudrait aimer l'eau froide… Non, je vais à Lisbonne. C'est étonnant ?

— Peu de gens vont à Lisbonne en train.

— Peu de gens ont développé une allergie radicale aux avions… Et vous, Bordeaux ?

— Non. J'aime beaucoup cette ville. C'est un peu d'Angleterre au milieu des vignes. Mais je vais moi aussi à Lisbonne.

— En train, donc…

— En train. Pour que ça n'aille pas trop vite. Dès qu'on arrive en Espagne, le train n'arrête pas de s'arrêter.

— Si j'allais chercher du thé ou du café ?

— Je vous accompagnerais.

À la personne qui lui demande ce qu'elle désire, Emma répond : « De l'eau chaude. » Christopher sourit.

— Vous aussi ? J'en bois souvent. Ça apaise l'estomac.

Mais Emma, de retour dans leur compartiment, sort de son sac une petite bourse en mousseline qu'elle glisse dans sa tasse.

— Je suis tombée amoureuse des thés de Darjeeling que ma patronne rapporte de ses voyages en Inde. Et je ne supporte plus les mauvais thés, les sachets en papier blanchi. Il faut que je vous lise un texte du dernier numéro de la revue dont je m'occupe. Voilà, c'est un extrait du *Livre du thé* d'Okakura

Kakuzô : « La cérémonie du thé est un culte fondé sur l'adoration du beau parmi les vulgarités de l'existence quotidienne. Il inspire à ses fidèles la pureté et l'harmonie. Il est essentiellement le culte de l'Imparfait, puisqu'il est un effort pour accomplir quelque chose de possible dans cette chose impossible que nous savons être la vie. »

Quand Emma boit son thé, elle ressemble encore à Holly Hunter. Christopher ignore si c'est une bonne idée de le lui dire. Il se tait mais il sourit. Légèrement. Presque sérieusement. Quand il sourit ainsi, on peut croire qu'il pense à deux choses en même temps, que l'une d'elles le met mal à l'aise mais que l'autre pourrait le faire rire dans un instant. Emma repose sa tasse pour lui poser une question.

— Qu'est-ce que vous voulez arrêter ?

— … ?

— Tout à l'heure, vous m'avez dit que vous vouliez vous en aller, arrêter. Je me suis dit à cet instant que vous aviez l'air un peu déprimé.

— Je ne crois pas. Mais ce serait peut-être une bonne idée.

— Ah bon ?

— C'est dans l'air du temps. D'après les statistiques, ce serait presque anormal de ne pas l'être... Vous pensez que je le suis ?

— Tout compte fait, non. Par contre, vous avez l'air... L'air de quelqu'un qui ne s'est pas vraiment remis de son dernier marathon.

Christopher regarde la pluie qui frappe les vitres, puis il revient vers Emma :

— Vous avez vu le film de Sydney Pollack, *On achève bien les chevaux* ? Ce terrible marathon de danse... Les années 1930 sont loin, la Grande Dépression... Et nous en sommes si proches pourtant. C'est moins spectaculaire, mais parce qu'on n'a pas le recul nécessaire pour trier les images parmi les millions qu'on fait tourner devant nos yeux et pour comprendre ce qui se passe vraiment. Mais c'est sans doute plus profond. Plus crucial...

— Vous êtes fatigué d'avoir dansé ?

— Oui. Je suis épuisé. Crise de lassitude. C'est plus juste de dire ça que d'employer des mots comme… comme faillite ou dépression. Cela dit, la faillite, j'y suis. Ma petite société n'a plus un sou vaillant. Moi non plus. Juste des dettes. Et j'ai dû me séparer de mon équipe il y a quelques mois.

— Que s'est-il passé ?

— Des problèmes comme il y en a tout le temps dans ce genre de métier où l'on dépend en grande partie des pouvoirs publics. Mais un programme de longue durée qui implique plusieurs villes et qui est à la fois culturel, social et pédagogique, ce n'est pas le bon jour pour le monter : les budgets sont en chute libre et les responsables politiques n'ont plus la possibilité (et dans certains cas pas le désir) de définir des priorités. Ils s'accrochent à la branche fragile du pouvoir et jouent le jeu des urgences ; bref, ils font le bilan des catastrophes et cherchent des coupables ou des boucs émissaires.

— Vous semblez amer…

— Vous trouvez ? Je croyais que mon amertume s'était dissoute ce matin dans la pluie et le vent…

— Il y a sûrement des raisons d'en garder un peu.

— Non. Mais je crois que je conserve un petit stock de colère. Un tiers à l'égard d'un certain nombre de fonctionnaires, si souvent négligents ou incompétents, on dirait qu'ils sont arrivés dans le secteur culturel parce qu'on n'a pas voulu d'eux ailleurs. Mais en disant cela, je me demande si ce n'est pas vrai dans n'importe quel autre secteur. Peu de gens sont fous mais franchement, beaucoup sont très flous, n'est-ce pas ? On se demanderait qui a fait la photo…

— Et les autres tiers de la colère ?

— J'allais dire un tiers pour les médias et un pour moi. Mais les journalistes sont coincés par leurs annonceurs et asphyxiés sous la masse des informations à traiter. Alors je garde le solde pour moi seul. Parce que c'est à moi que j'en veux. D'avoir toujours mis trop de passion et pas assez de raison dans mes projets. Quelqu'un a dit un jour que cela n'avait rien d'étonnant que j'aie des soucis d'argent : je ne faisais que ce que j'aimais faire.

— Et je parie que c'était vrai…

— Non ! Enfin, pas tout à fait. Mais disons à quatre-vingt-cinq pour cent...

Emma éclate de rire. Elle lui dit qu'il devrait voir sa tête quand il dit des choses pareilles. Il joue avec ses lunettes. La regarde en plissant les yeux. Sourit à demi.

— Mais je suis quelqu'un de très sérieux, vous savez. J'ai besoin de faire des choses utiles.

— Je n'en doute pas. Vous êtes apparemment de la race de ces Anglais extravagants qui se lançaient dans des aventures insensées avec la rigueur, la saine logique et la tranquillité d'esprit d'un pasteur de province…

— C'est une sorte de compliment ?

— Une sorte, oui. Mais vous n'avez pas vraiment répondu à ma question, arrêter quoi ? Un projet qui n'aboutit pas, ça arrive, surtout dans le domaine artistique ou dans la recherche scientifique, et je suppose qu'alors on travaille sur un autre projet.

— En effet. C'est d'ailleurs ce que je fais depuis une vingtaine d'années. On pourrait presque dire que c'est ma spécialité, rebondir.

Mais je crois que j'ai cassé le ressort. Quand il est apparu que ce grand projet auquel je travaillais avec mon équipe était condamné, j'en ai aussitôt mis un autre en chantier, mais en perdant trois des cinq personnes de la première équipe, ce qui a été moralement très dur parce que c'étaient des jeunes très brillants et que j'aimais beaucoup. Les deux autres ont fait comme moi, accepter de travailler avec un paiement dérisoire en attendant… Et puis ce projet-là aussi a été considéré comme excellent mais impossible à réaliser vu les circonstances économiques.

— C'est vraiment un coup dur.

— Oui. Mais paradoxalement, tout en me sentant accablé par cette nouvelle, j'ai ressenti quelque chose qui ressemblait comme deux gouttes d'eau à un authentique soulagement. J'ai compris que j'en avais assez. De toute façon, ça ne datait pas d'hier. Je me suis souvenu très clairement de ce que j'avais ressenti plusieurs années auparavant lors de la journée d'ouverture d'un grand festival que j'avais organisé à l'occasion de la présidence belge de l'Union européenne. Le budget était important mais pour l'obtenir, il avait fallu jouer la carte de l'abondance et du spectaculaire. Il y avait donc trop de tout, trop d'invités prestigieux sur scène, trop de spectacles, trop de débats, trop de publications, trop de publicité, trop de ministres dans les parages, trop de petits-fours et de drinks, trop de bruit… En tant que directeur du festival, j'étais censé dire quelques mots d'accueil mais, sous prétexte qu'on avait besoin de moi pour régler un problème urgent d'intendance, je me suis fait remplacer à la dernière seconde. J'avais un peu… la nausée. Le vertige. Vu de loin, le festival a été un succès ; en réalité, c'était du vent. Rien à voir avec la ferveur de certains petits festivals que j'avais organisés auparavant, dans des cadres à taille humaine. Mais ceux-là, plus moyen de les financer correctement. Ce n'étaient pas des « événements »…

— Je comprends bien ce que vous voulez dire. Il faut que ça claque, que ça saute aux yeux, que ça prenne à la gorge…

— En effet, et ça, ça ne me dit rien. Je ne me sens pas très doué pour fabriquer de gigantesques gâteaux à la crème. La culture aujourd’hui, c’est un peu ça : des activités que l’on vend ou que l’on offre aux gens pour les distraire, culture chic pour les gens aisés, culture trash pour les pauvres et les chômeurs… Mais la culture, tout de même, ce ne sont pas seulement les beaux-arts – en version sophistiquée ou dégradée –, c’est littéralement tout ce que les humains inventent pour assurer leur survie et celle de l’espèce. C’est le feu, l’aspirine, le microscope et la poésie, la règle de trois, le peigne à poux, l’amour et l’arbalète, le piano, les courses d’aviron… Ça n’a rien d’un luxe, ça n’a rien à voir avec les loisirs. C’est ce qui fait que nous sommes là au lieu d’avoir disparu comme… le mammouth laineux et le tigre à dents de sabre. Je n’aime pas que l’on confonde culture et beaux-arts parce que cela donne de la culture une image faussement noble mais très réductrice, très futile au fond, et que cela permet aux responsables politiques de faire l’impasse sur des questions essentielles, les vrais besoins des gens, par exemple. Mais qui suis-je pour juger, alors que je n’ai au fond jamais compris une chose aussi élémentaire que l'argent et que je n'ai jamais été capable d'y penser assez longtemps pour en gagner vraiment…

Christopher s'arrête brusquement dans son élan. Il pose trois doigts sur sa bouche, secoue légèrement la tête.

— Je me trompe ou c'est un vrai discours que je viens de vous servir là ?

— Non. Plutôt la preuve de ce que vous aviez dit avant. Que vous mettez plus de passion que de raison dans ce que vous faites.

— Plus de passion… ou plus d'orgueil… Sans compter une dose non négligeable de naïveté et de bêtise. Vous en voulez un exemple ? Revenons un peu en arrière, au moment où j'apprends que mon projet bis n'ira pas plus loin que le précédent. Deux ou trois semaines plus tard, alors que je n'avais plus aucune équipe et que la banque avait supprimé toute possibilité de crédit, certains responsables politiques sont revenus vers moi et m'ont proposé de prendre pour un an la direction d'une version… disons aménagée de mon premier projet abandonné…

— Et ?

— Et, sans réfléchir, j'ai dit non, j'ai dit que c'était trop tard hélas, que j'avais d'autres projets en chantier.

— Comme quoi ?

— … Aller à Lisbonne. Mais je ne le savais pas encore.

Christopher s'est levé. Envie de se dégourdir. Il propose à Emma un autre thé, quelque chose à manger. Elle accepte volontiers. Quand il revient, elle s'est endormie. Dehors, entre deux pans de ciel bourru, un coin de ciel bleu apparaît furtivement. Christopher s'assied, il allonge les jambes et pose les pieds sur un journal qu'il a ouvert sur le siège à côté d'Emma. Il reste du temps avant Bordeaux, avant la frontière. Il reste du temps. Il regarde le paysage, la lumière fade du jour qui décroît lentement.

Lorsqu'elle se réveille, Emma semble un peu perdue. Elle accepte la proposition de Christopher de remplacer le thé qui a refroidi par du thé chaud. À son retour, elle lui dit qu'en dormant, elle avait oublié qu'elle était dans un train, que ses rêves l'avaient emmenée ailleurs. Christopher lui demande où mais elle ne sait plus, elle se souvient que c'était doux, ce rêve. Elle demande à Christopher ce qu'il lit, il lui montre le livre, *Les Idées des autres* de Simon Leys.

— Ouvrez-le au hasard, lui propose Christopher.

Elle fait tourner les pages, lit à haute voix la première phrase qu'elle voit :

— « Nous avons tant bataillé contre la petitesse que nous sommes nous-mêmes devenus petits. » C'est d'Eugene O'Neill. À vous maintenant.

— « La vie, c'est comme un solo de violon qu'on devrait interpréter en public, tout en apprenant à jouer de l'instrument au fur et à mesure de l'exécution. » Celle-ci est de Samuel Butler. Je ne me lasse pas de parcourir ce livre. Je l'ai toujours avec moi.

— Vous m'en lirez d'autres ?

— Volontiers. Vous aimez lire ?

— Oui, beaucoup. En voyage, j'emporte toujours l'un ou l'autre livre ; hélas, souvent, ce sont mes dossiers que je lis, ou je corrige les articles de notre petite revue mensuelle, ou alors je traduis des dépliants pour les nouveaux produits… Je n'ose plus entrer dans une librairie parce que je me ruine à acheter des livres que j'empile autour de mon lit et un peu partout dans mon appartement, ce ne sont plus des livres puisque je ne les lis pas, ce sont des meubles.

— Je vois ce que vous voulez dire… Je fais cela aussi. Et je complète avec des disques, des films, des affiches, des revues spécialisées, des dossiers d'archives... Un jour, mes enfants en hériteront... Et il n'est pas exclu que la plus grande partie de tout cela aboutisse dans la boutique d'un soldeur.

— Vous avez des enfants ?

— Deux. Une fille qui a vingt-cinq ans et qui vit avec son mari au Québec depuis six mois. Elle est graphiste. Son frère a vingt-trois ans, il a terminé des études scientifiques et il enseigne depuis quelques mois.

— Vous vous entendez bien avec eux ?

— Je crois que oui. Plus que ça : nous nous aimons vraiment. Leur mère et moi, nous nous sommes séparés il y a une douzaine d'années et ils ont vécu à mi-temps avec elle, à mi-temps avec moi. Pendant un an, ils ont vécu uniquement avec moi, leur mère ayant suivi son nouveau mari à l'étranger avant qu'ils reviennent en Belgique. Cette année-là, je l'ai réalisé lorsqu'elle s'est terminée – et j'aurais aimé qu'elle ne se termine pas –, a profondément changé ma vie.

— De quelle manière ?

— Ce serait long à expliquer... Disons que je me suis rendu compte que j'aimais m'occuper de mes enfants et de toutes ces petites choses quotidiennes qui auparavant me pesaient un peu. Quelque chose s'est passé, quelque chose qui a pris de l'ampleur au fil du temps. La pièce en trop, ce n'était pas le repas à préparer, le linge à faire sécher, c'était ce budget à revoir pour le dixième fois, ce rendez-vous avec un ministre, cette conférence de presse... Et vous, vous avez des enfants ?

Emma fait non de la tête.

— Mon mari n'en voulait pas, pas tout de suite. Je crois qu'il n'en voulait pas du tout.

— Et après lui ?

— Après lui, c'est une autre histoire. Un autre homme. Là, c'est moi qui n'en ai pas voulu... J'ai l'impression qu'on n'est pas loin de Bordeaux.

— En effet, le soleil vient de se coucher, on y sera dans une demi-heure.

— Vous ne vous êtes pas remarié ? Vous vous êtes occupé seul de vos enfants ?

— Oui. Les enfants et mon travail, c'était toute une vie… J'ai l'impression qu'il n'y avait pas de place pour quelqu'un. Je n'avais déjà pas le temps de promener le chien certains jours…

— Vous auriez pu rencontrer une femme qui aime le promener.

— C'était un chien très sélectif…

— Je vois…

— Ma femme, elle, s'est remariée. Avec la bonne personne. Le kinésithérapeute de son club de tennis. Elle avait toujours mal au dos. Maintenant je crois que ça va beaucoup mieux.

— Vous ne vous entendiez plus avec elle ?

— Un jour elle m'a dit : « Je ne supporte vraiment plus cette musique. Quand tu es là, c'est du jazz, du jazz, encore du jazz. » Un mois plus tard, alors que mon bureau baignait désormais dans l'opéra italien et la musique country, nous nous sommes séparés. Jazz mis à part, je crois qu'elle n'osait pas me le dire mais qu'elle avait envie d'une autre vie, d'un mari avec des revenus plus importants et plus réguliers, des horaires plus raisonnables… J'ai trouvé que c'était une bonne idée.

— Pardonnez-moi cette question : vous l'aimiez ?

— Je l'appréciais. Et on se connaissait depuis si longtemps. Mais vous savez, je crains de m'y connaître mieux en musique qu'en amour… Je pourrais dire du jazz que c'est un mélange d'élégance et de souplesse, que c'est la magie de l'instant, comment dire ? un léger détachement, un équilibre fragile et émouvant… Quelque chose comme ça. Mais l'amour, je ne sais pas.

Emma hésite un instant avant de laisser venir les mots qui lui sont venus à l'esprit :

— C'est peut-être la même chose, vous ne croyez pas ?

Christopher la regarde avec attention. « Je n'y avais jamais songé », dit-il à voix basse.

Emma a consulté l'horaire, le train ne s'arrête que quatre minutes à Bordeaux, juste assez pour prendre une bouffée d'air frais. Christopher l'accompagne.

— Lisbonne dans dix-sept heures, dit-elle.

— Vous ne m'avez pas dit ce que vous alliez y faire, répond-il.

— Venez, le train va s'en aller, je vous raconterai l'histoire de ma sœur.

Ayant retrouvé leurs sièges, Emma et Christopher reprennent leur conversation.

— Ma sœur a quarante-neuf ans, dix de plus que moi. À vingt-cinq ans, elle avait déjà collectionné un nombre impressionnant de fiancés et de petits amis. Charmants dans l'ensemble, mais elle s'ennuyait vite avec eux. Mes parents l'ont convaincue d'aller voir un psy et comme c'était une fille de bonne volonté, elle est allée en consulter un. Il était très bien. Si bien qu'elle est restée avec lui.

— C'est une belle histoire.

— Elle n'est pas complète, attendez. Mes parents, eux, n'ont pas vraiment apprécié la situation : le psy en question avait vingt-sept ans de plus qu'elle…

— Certes… Et que s'est-il passé ?

— Ils se sont mariés. Ils se sont occupés des deux enfants qu'il avait de son premier mariage et lorsque ceux-ci ont quitté la maison, ils ont eu une petite fille, Alma, qui va avoir treize ans.

— C'est beau comme un beau roman, cette histoire.

— Avec une note mélancolique, comme dans toutes les bonnes histoires. Quoique… En fait, mon beau-frère est mort il y a peu. Près de Lisbonne, où il s'était installé avec ma sœur et la petite Alma il y a deux ou trois ans. Il avait soixante-quinze ans. Il est mort tranquillement, en prenant un bain de soleil sur son balcon. Ma sœur m'a dit qu'il souriait et je suis sûre que c'est vrai.

Christopher regarde une larme qui roule lentement sur la joue d'Emma, emportant avec elle un cil. Du bout du doigt, sans un mot, il vole le cil et la larme. Emma sourit.

— Ce n'est pas une histoire triste, dit-elle.

— C'est ce que j'avais deviné, dit-il.

Le train a repris de la vitesse, il file vers la frontière espagnole dans la nuit qui s'étoffe. Emma dit qu'elle n'est allée qu'une fois à Lisbonne, quelques mois après l'installation de sa sœur et de son beau-frère, mais qu'ensuite elle n'a pas trouvé le temps, des soucis, trop de travail. Quant à l'enterrement de son beau-frère, il avait coïncidé très précisément avec celui, à Bruxelles, de quelqu'un dont elle avait été très proche et qu'elle n'aurait pas pu ne pas saluer une dernière fois. En plissant fort le visage, elle ajoute à la sauvette :

— Parfois, c'est comme si les morts ne voulaient pas partir seuls.

— Cela n'a rien d'impossible. Autrefois, sauf par obligation, personne ne voyageait seul. Aujourd'hui, c'est différent, j'ai l'impression.

— Peut-être les gens ont-ils moins envie de partager leurs émotions…

— Oui… Mais cela voudrait dire qu'ils en ont peu…

Emma le regarde et, pensant qu'il a sans doute raison, ne trouve rien à ajouter. Elle sourit. Elle se demande s'il a dit qu'elle ressemblait à Holly Hunter par courtoisie, un petit exercice de séduction, ou si c'est vrai. Elle se regarde dans la vitre mais le reflet est trop vague.

— Je suis heureuse de passer quelques jours avec ma sœur et ma nièce, c'est la plus jolie petite fille rousse du monde.

— Vont-elles rentrer en Belgique ?

— C'est ce que je pensais mais dans ses e-mails et au téléphone, elle m'a dit plusieurs fois qu'elle avait l'intention de rester à

Lisbonne, que c'était leur paradis. Elle avait déjà un travail de professeur de français à mi-temps, elle trouvera d'autres activités. Je lui ai dit que la presse parle beaucoup des effets terribles de la crise sur l'Espagne et sur le Portugal mais elle m'a dit que crise pour crise, elle était mieux là-bas.

— De toute façon, un monde s'achève. Au Portugal comme partout en Occident. Je ne comprends pas que des gens s'étonnent de ce qui se passe. Est-ce qu'on s'étonne des pertes de mémoire de son grand-père, de la surdité de sa grand-mère ? Une société, en droit, c'est une personne morale. J'aime bien cette formule parce qu'elle rappelle que toute société, la nôtre par exemple, le monde occidental qui est dominant depuis cinq siècles, est comme une personne et que donc elle vieillit, et qu'elle sera remplacée un jour par une autre.

— Nous sommes de vieux Européens, mon père dit cela.

— Oui, de vieux Européens dans une vieille société. Beaucoup d'entre nous, au fond d'eux-mêmes, n'ont plus envie de se battre pour être les meilleurs, pour posséder davantage, ils ont envie de laisser à d'autres l'appât du gain, le goût de la victoire, les mirages brillants de l'ambition, ils rêvent de ralentir et d'enfin profiter de ce que leurs prédécesseurs ont ramené de leurs expéditions... La roue tourne, tout simplement.

— Mais notre société n'a pas une vieillesse très heureuse...

— On peut dire cela, oui. Je crois que c'est ce qui arrive lorsque l'on n'a pas été très généreux quand on était dans la force de l'âge, lorsqu'on a exploité les faibles, pratiqué le pillage un peu partout et qu'on a tout misé sur des valeurs matérielles... Ça me gêne un peu de dire cela mais je crois qu'il faudrait, malgré les souffrances qu'elle occasionne, considérer cette « crise » comme notre grande chance, la chance d'apprendre à vivre autrement, surtout maintenant que l'on commence à comprendre qu'on nage tous dans le même bocal.

— Mais il y a tous ces renoncements à faire... Vous croyez qu'on pourra les accepter ?

— Je n'en sais rien. Mais on n'aura sans doute pas le choix.

— Ma patronne est quelqu'un d'étonnant. C'est une commerçante, mais d'un genre particulier. Elle est bouddhiste en période d'essai, dit-elle. Je crois qu'elle dit ça parce qu'elle n'a pas envie d'afficher la foi qu'elle a en une autre façon de vivre et de voir le monde, et ça me touche, cette discrétion. Je sais qu'elle a un maître bouddhiste, elle le voit de temps en temps, c'est un Vietnamien très âgé qui anime des séminaires aux Pays-Bas, en France... Il y a deux ans, je me souviens qu'elle m'a longuement parlé d'un de ces séminaires. Le message de son maître, c'était qu'il fallait absolument éviter de lutter contre cette vague gigantesque qui commençait à se lever, parce qu'il était nécessaire qu'un grand changement ait lieu, qu'il y allait de notre survie. Au lieu de lutter, de perdre ses forces en vain, il invitait ses disciples à rester centrés sur des valeurs justes, à garder le plus grand calme possible, à ne pas se laisser happer par le tourbillon créé par ceux qui veulent préserver à tout prix une structure révolue, des valeurs désuètes, des biens inutiles.

— Voilà un homme sage, dirait-on. Et vous avez de la chance de travailler avec quelqu'un qui peut entendre ce genre de choses. J'ai moi-même rencontré il y a quelques années quelqu'un de ce calibre, c'était dans un festival de musiques du monde. Je m'étais inspiré des expériences du clarinettiste de jazz Tony Scott, qui avait joué avec des musiciens japonais et indiens dès le milieu des années 1960, et j'avais créé pour quelques jours des couples de musiciens venus d'horizons très différents. Parmi eux, il y avait une chanteuse indienne qui vivait en Angleterre. Nous avions passé des heures à parler. Elle m'a offert la clé dont j'avais besoin et je pense souvent à elle avec infiniment de gratitude.

— J'oserais vous demander ce qu'était cette clé ?

— C'est simplement ceci : la vie ne s'occupe pas de nos désirs mais elle s'arrange, parfois de manière très inattendue, pour répondre toujours à nos besoins.

— Mmmhhh...

— Il m'a fallu un certain temps mais, une fois que j'ai vérifié à quel point c'était vrai, ma vie a commencé à changer. Ainsi, dans mon travail, j'ai compris pourquoi j'allais de soucis en problèmes : pour obtenir le soutien financier des patrons politiques et le soutien promotionnel des médias, il faut proposer des programmes qui répondent aux désirs des gens, alors que l'on sait que ces désirs leur sont imposés par les marchands, eux-mêmes téléguidés par quelques centaines de financiers qui sont les empereurs secrets et malades que l'Occident a créés. Répondre aux vrais besoins des gens, ceux qu'eux-mêmes ignorent la plupart du temps, ce serait normalement le rôle des dirigeants politiques mais ils se mettraient dans une position intenable. C'est pour cela, par exemple, que les projets qui consistent à apporter dans les écoles des livres de qualité et vraiment séduisants, des livres qui ne sont pas des barrières mais des tremplins, qui aident les jeunes à se connaître, à donner un peu de sens à leur vie, sont des projets voués à l'échec. Les amateurs de littérature sont usuellement des gens qui voient un peu plus loin que le bout de leur nez et, crime impardonnable, ce sont de médiocres consommateurs. Il vaut donc mieux donner de l'argent aux télévisions, elles font ce que la littérature ne fait pas : elles donnent envie d'acheter. Moi, si je faisais de la politique, je n'aurais qu'un seul slogan : « Moins mais mieux. »

— Les vrais besoins... Cela me fait penser à quelque chose que j'ai vécu l'année passée. J'ai eu terriblement envie de changer de travail, de changer de ville et de vie. J'ai fait tout ce qu'il fallait pour ça, trouvé un job à l'étranger, un endroit pour vivre... Et exactement une semaine après mon arrivée, la société qui m'avait engagée a fait faillite. Catastrophe. Je suis donc revenue vers ma patronne. « Déjà là ? » m'a-t-elle dit. En fait, elle m'attendait. Je crois qu'elle savait que je n'avais absolument pas besoin de ce départ, que ce n'était qu'une fuite vide de sens. Elle n'avait engagé personne pour me remplacer, figurez-vous, elle s'était elle-même chargée des urgences et avait mis le reste en attente. Elle m'a proposé de reprendre mon poste et de développer notre magazine pour le diffuser plus largement que dans nos seules boutiques ; et ça m'a enchantée de faire ça. C'est cela dont j'avais besoin.

Christopher porte son regard sur le paysage nocturne où brillent des lumières passagères. Il va dire quelque chose, murmure deux mots, se tait encore un long moment avant de parler.

— J'ai pris le train parce qu'il est tellement plus lent que l'avion et parce que j'avais besoin de… de me mettre dans un coin sans bouger, la tête collée à la fenêtre, pour sentir le temps qui passe. L'été dernier, lors de quelques jours de vacances avec mes enfants qui allaient l'un et l'autre voler de leurs propres ailes pour de bon, je me suis rendu compte, un matin, alors que je préparais la table du petit déjeuner sur la terrasse, que la vie était vraiment aussi courte qu'on le dit dans les livres, plus courte encore, et que j'avais vécu tant de choses si vite qu'elles n'avaient pas eu le temps de laisser de traces. J'ai eu l'impression que je venais de passer des années dans un train à grande vitesse et que tous les paysages traversés s'étaient mêlés pour former… une sorte de mauvais tableau… une photo floue qui vous fait penser qu'il est très urgent de voir un ophtalmologue… Ce matin-là, j'ai su confusément que je voulais arrêter. Descendre de ce train fou dont le conducteur augmente la rapidité pour que l'ivresse de la vitesse fasse oublier aux passagers que le convoi va tout droit vers un mur… Mais je me suis perdu dans mes phrases, ce n'est pas cela que je voulais vous dire.

— Il n'est pas trop tard.

— Je voulais dire que je me suis trompé de besoin. Je croyais avoir besoin de voyager seul et de rester silencieux vingt-quatre heures pour regarder en face le temps qui passe. En réalité, j'avais besoin d'autre chose. J'avais besoin, je crois, de partager un peu de temps volé avec une aimable inconnue.

— C'est gentil de dire ça.

— C'est peut-être gentil mais c'est surtout très vrai.

— Dites-moi, à propos de besoins, n'auriez-vous pas celui de manger ? Vous m'accompagnez ?

— Je suis votre homme.

Après avoir testé les modestes qualités de la pizza locale, Emma et Christopher ont rejoint leurs places. Un homme qu'ils avaient croisé au wagon-restaurant plus tôt dans la journée les a salués en regagnant sa voiture. Un homme âgé. Christopher a échangé quelques mots avec lui, croyant à tort qu'ils se connaissaient. « Il me fait penser à quelqu'un mais à qui ? » demande-t-il à voix haute. Il ferme les yeux et s'assoupit quelques minutes. En rouvrant les yeux, il dit à Emma qu'il a trouvé.

— C'était lors d'un colloque. Nous avions rassemblé des artistes, des écrivains, des scientifiques, des économistes, des fonctionnaires européens… Les économistes invités m'avaient fait penser à une de ces images qu'on publie quand on veut illustrer les horreurs de la guerre : une bande de gosses dépenaillés arborant triomphalement des machettes ou des mitraillettes. Quelques-uns de ces spécialistes étaient vraiment effrayants parce qu'il était évident qu'ils manipulaient des concepts sans avoir la moindre conscience du fait que ceux-ci pouvaient se transformer en grenades. Leur jargon était plus impénétrable que le finnois médiéval et ils étaient si contents d'eux-mêmes, de leurs théories, de leurs tableaux aux courbes boursières magiques… M'étant réfugié à la cafétéria en même temps qu'un de nos invités, j'ai eu envie de bavarder avec lui. C'était l'ancien directeur d'une entreprise qui avait laissé dans les mémoires un nom respectable plusieurs années après son absorption par un groupe international. Je lui ai demandé de quoi il parlerait dans son exposé. « Après ce que je viens d'entendre, m'a-t-il répondu, je crois que je vais me contenter de raconter une petite histoire. » Et c'est ce qu'il a fait. Il a comparé notre système économique au jeu de Monopoly avec beaucoup de simplicité et de conviction. Chacun se demandait néanmoins où il voulait en venir. Il y est vite arrivé. « S'il fallait jouer au Monopoly sans règles, a-t-il dit, vous devinez aisément ce qui arriverait. Il suffit de faire le test avec des enfants. Sans règles du jeu, c'est le chaos. Tôt au tard, on se jette les pions à la tête, on piétine les billets, on sort en claquant la porte. Je vous demande d'imaginer maintenant ce qui se passerait si l'on remplaçait les six ou huit pages qui expliquent traditionnellement les règles de ce jeu par une centaine de volumes de grand format comptant chacun mille ou deux mille pages en très petits caractères. Qui pourrait encore jouer ? Pour ma part, je dirais : le banquier, ses amis et quelques tricheurs. Il m'arrive de penser que c'est cette version-là du Monopoly qui s'impose aujourd'hui. Il m'arrive aussi de croire qu'un peu de simplicité et de bon sens nous aiderait davantage que de continuer à essayer de comprendre ces milliers de pages en en rédigeant de nouvelles qui rendent les choses encore plus absurdes. Il suffirait peut-être de s'arrêter un moment et de se demander quel est le but du jeu, le vrai but du jeu. »

— Magnifique !

— Il a été applaudi avec enthousiasme par les trois quarts du public. Mais il faudra encore du temps avant que les gens qui disent cela soient entendus.

— Connaissez-vous cette citation ? « L'Histoire nous enseigne que les hommes et les nations ne se conduisent avec sagesse qu'après avoir épuisé toutes les autres solutions. » C'est d'Abba Eban, un grand diplomate israélien. Une des phrases que ma patronne cite volontiers.

— Elle pourrait venir d'un film de Woody Allen. Pourriez-vous la noter dans *Les Idées des autres* ? J'aimerais ne pas l'oublier.

— J'ai une vilaine écriture de gauchère contrariée.

— Je suis myope et légèrement astigmate, je pense que ça devrait compenser.

Christopher et Emma ont rouvert les yeux en même temps quand on a annoncé l'arrivée prochaine en gare de Biarritz. Emma demande s'il connaît cette ville, il répond qu'il y a passé quelques jours quand il avait trente ans et qu'il en garde un excellent souvenir en dépit du fait qu'il a failli se noyer, surpris par l'ampleur des vagues et la force du courant.

— Le rivage était à portée de main et j'ai pourtant cru que je n'y arriverais jamais… mais je dois avouer que je suis un piètre nageur. Et vous ?

— Non, je ne connais pas Biarritz. Mais je fais des longueurs dans toutes les piscines que je rencontre.

— Je vous admire.

— J'aime ça. Je fais le vide en nageant. Ma patronne dit que nager rafraîchit l'âme, c'est une jolie formule, n'est-ce pas ?

L'homme âgé que Christopher avait pris pour quelqu'un d'autre s'arrête pour les saluer, il descend ici. Lorsque le train redémarre, ils le voient qui se dirige vers la sortie en compagnie d'une femme, ils se tiennent par la main et marchent très lentement, lui très grand et elle toute petite, et l'ombre que dessinent leurs silhouettes associées semble illustrer un conte chinois d'autrefois.

Tandis que le train poursuit sa route vers l'Espagne, un silence tranquille s'installe entre Emma et Christopher. Ils ne dorment pas mais se laissent gagner par une légère somnolence. Bientôt, le TGV va atteindre son terminus. Ils iront prendre possession de leurs places dans le successeur du Sud-Express d'autrefois.

Sur le quai, Christopher s'est mis à la recherche de ses billets pour la suite du voyage. Emma l'observe comme on observerait un héron égaré dans un jardin public. Il finit par les trouver et les brandit fièrement.

— Les voici. Aurons-nous le temps de prendre un café au buffet avant le départ ? Je crains de ne pas avoir la chance de poursuivre le voyage en votre compagnie, dit-il en faisant une sorte de grimace involontairement comique.

Emma a envie de lui dire qu'il est drôle ainsi, mais le désappointement l'emporte.

— Vous ne… Vous avez changé d'avis ?

Vous n'allez plus à Lisbonne ? s'inquiète-t-elle.

— Si, mais je n'ai pas réservé de couchette. J'ai choisi les *butacas superreclinables*. Pour voir le paysage, même s'il fait noir, pour voir le nom des gares…

Elle sourit. Elle dit :

— Moi aussi.

— Ah… Bien. Je veux dire, c'est bien, ces fauteuils superinclinables. Vous n'aimez pas les couchettes ?

— Disons qu'il m'est difficile de dormir avec des inconnus dans un espace réduit.

— J'ai fait ce voyage en wagon-couchette il y a très longtemps, je m'en souviens comme d'un film des années 1950 en noir et blanc. Les vieux Portugais charmants qui partageaient leur jambon sec et leur saucisson au couteau et vous faisaient boire au goulot un vin piquant. Il y avait des garçons de café parisiens qui rentraient au pays pour voir leur famille. Et des prostituées à la porte des toilettes dans chaque voiture. J'ai dormi sur la couchette du dessus, avec le sentiment que le prochain cahot allait imprimer mon visage sur la cloison du plafond.

— Vous croyez que c'est encore comme ça ?

— J'ai lu sur Internet que l'ambiance n'est plus celle d'autrefois.

Leurs fauteuils ne sont pas contigus mais, une fois dans la voiture, il ne faut que quelques instants à Emma pour négocier un échange avec la femme déjà installée sur le siège qu'elle convoite. Le train part dans deux minutes. Emma propose une pomme à Christopher. Il la croque.

— Je n'ai pas de saucisson à vous offrir en échange…, dit-il.

Elle sourit. Les portes se ferment. C'est le moment où l'on ne sait plus ce qui bouge et ce qui reste immobile, le train, la gare, le train voisin, le monde endormi, les étoiles au bout du ciel.

Christopher s'est endormi après le contrôle des billets. Emma dormait déjà, il a pris dans sa main le billet qu'elle avait préparé. Le contrôleur a remercié à voix basse et a poursuivi son chemin. Quand Christopher se réveille, lors de l'arrêt en gare de Vitoria, Emma dort encore. Sa respiration est lente et régulière. Pas loin d'eux, un ronflement résonne sur une fréquence très basse, avec de longs intervalles de silence, comme celui d'un animal gigantesque dont les poumons mettraient longtemps à se vider. C'est lorsque le train quitte la gare de Miranda de Ebro qu'Emma se réveille. Christopher lui fait remarquer qu'elle a réussi à dormir près d'un inconnu.

— J'avais dit *des* inconnus. Vous, vous n'êtes pas des inconnus. Vous êtes un ex-inconnu. Un faux comédien qui m'a fait vraiment rire dans un théâtre il y a des années. Je ne sais pas si c'est à cause de cela mais j'ai l'impression de vous connaître depuis longtemps.

— C'est la magie des trains.

— Certains trains, en certaines saisons.

Le voisin qui ronfle doit s'être embarqué dans un rêve tumultueux car le volume a brusquement augmenté.

— Une autre pièce à ajouter au dossier de la magie ferroviaire, dit Christopher en souriant.

Regardant par la fenêtre les lumières d'une ville au loin, Emma lui pose soudain une question :

— Quelqu'un vous attend à la gare de Lisbonne ?

Et aussitôt elle met la main sur sa bouche avant de dire :

— Je suis indiscrète, pardonnez-moi. Je me demandais simplement si vous aviez de la famille là-bas ou, vu les circonstances, si vous alliez y passer des vacances ou…

— Ne vous excusez pas, vous m'avez raconté l'histoire de votre sœur et les raisons de votre voyage, je me réjouis de vous raconter l'histoire de la personne qui m'attend à Lisbonne. Il s'appelle Martinho. Il y a longtemps, j'avais dix ans et je vivais avec mes parents dans le quartier du parc Astrid, pas très loin du stade où évolue l'équipe de football d'Anderlecht, qui était autrefois célèbre dans le monde entier. Un jour, la dame qui tenait l'épicerie du coin a pris sa retraite et un couple de Portugais l'a remplacée, Martinho et Ana. Ils avaient environ vingt-cinq ans, ils avaient vécu un moment en Allemagne puis avaient rejoint le frère de Martinho en Belgique, où ce dernier travaillait dans une entreprise de construction depuis plusieurs années. Mes parents étaient des gens de la campagne, des provinciaux parfaitement perdus en ville. Je crois qu'ils sont tombés amoureux de ces nouveaux voisins, c'étaient des gens comme eux. Dès le début, alors que Martinho et Ana ne connaissaient encore que vingt mots de français, ils se sont entendus à merveille. Comme l'épicerie ne rapportait pas assez, Martinho est allé travailler avec son frère et Ana s'est occupée seule de l'épicerie. Sur ces entrefaites, un bébé est arrivé, une petite fille, Fábia, et ma mère en est aussitôt devenue la grand-mère, la nounou, la baby-sitter attitrée. Par la suite, je me suis rendu compte que Martinho et sa femme ont été les meilleurs amis de mes parents et que les dix années qu'ils ont passées à Bruxelles ont été les plus belles années de la vie de mon père et de ma mère.

— Pourquoi cela s'est-il terminé ?

— J'ignore les détails. Je ne vivais plus chez mes parents depuis un moment quand Martinho et Ana sont retournés chez eux. Ils avaient mis de l'argent de côté et je crois que Martinho avait hérité d'une petite maison.

— Ils ne se sont plus revus ?

— Si. Ils se sont rendu visite à plusieurs reprises et je sais qu'ils se téléphonaient souvent. Mais ni mes parents ni eux n'étaient des gens sophistiqués, ils ne remplaçaient pas comme nous leurs gestes, leurs regards ou leurs silences par des mots…

— Et vous, vous avez gardé un contact avec eux ?

— Un coup de téléphone parfois, un dîner avec eux chez mes parents quand ils revenaient à Bruxelles, tous les deux trois ans. Puis presque rien. Parce qu'Ana est décédée brutalement d'une embolie pulmonaire et que Martinho s'est enfermé longtemps avec son chagrin. Parce que mon père est décédé, puis ma mère.

Un silence. Le ronflement redevenu discret du voisin. Emma et Christopher décident d'échanger leur place afin d'éviter le torticolis qui les guette à force de tourner la tête pour se voir en parlant.

— Je n'avais plus de nouvelles de Martinho depuis le décès de ma mère il y a cinq ans. Il m'avait dit alors que sa fille, qui venait de quitter un mari trop passionné par le jeu, était revenue vivre chez lui avec son bébé. Silence ensuite. Nous avions oublié que nous existions. De ma part en tout cas, pas même une pensée. Et puis il s'est passé quelque chose d'étonnant. Un matin, il y a un mois, en me rasant, je me suis souvenu de lui. Pourquoi en me rasant ? Martinho, les jours de congé, se rasait deux fois, sinon, dès le milieu de l'après-midi, il avait une barbe de forban. À seize ans, ça m'avait impressionné. Mais peu importe. Pendant deux secondes, Martinho est passé dans mon esprit. Et le lendemain soir, un coup de téléphone. La voix de Martinho, qui m'annonçait qu'il venait à Bruxelles pour rendre visite à la fille de son frère et qu'il avait envie de venir me dire bonjour.

— J'adore les histoires de ce genre, elles me font sourire. Comme lorsque les pièces d'un puzzle s'assemblent presque toutes seules. Alors, vous l'avez revu ?

— Bien sûr. Ça a été très émouvant. Il était aussi chaleureux et spontané que dans mon souvenir. Mais réservé aussi, respectueux des sentiments, les siens et ceux d'autrui. On a bavardé toute la soirée, il avait apporté des photos, du café, du porto, des gâteaux portugais. Quelle fête ! Même la part triste des histoires qu'il évoquait était vivante. Son visage était celui d'un homme vieilli mais son affection pour mes parents n'avait pas pris une ride. À côté de lui, je me suis senti… vieux. Ma sagesse chèrement acquise m'a semblé bien sèche…

— Mais vous allez le revoir. Je suis sûre qu'il va vous faire du bien.

— J'en suis sûr aussi. D'ailleurs, je ne vais pas simplement lui rendre visite. Quand je lui ai parlé de ma vie, il m'a posé des questions, il m'a demandé des détails, puis il m'a dit : « Christopher, il faut que tu arrêtes tout ça. Viens chez moi. J'ai un bar, je fais restaurant aussi, ma fille me donne un coup de main mais je ne rajeunis pas, j'ai besoin de quelqu'un. Tu parles français, tu parles anglais, l'espagnol un peu, c'est parfait. Il y a un étage vide dans ma maison. C'est à toi. Tu seras heureux. »

— Et vous avez dit oui.

— Sans hésiter. On m'avait proposé la veille ce poste dont je vous ai parlé. J'aurais pu rappeler pour dire que, tout compte fait, ce job m'intéressait et que je pouvais me libérer. Je ne l'ai pas fait. Et maintenant, je vais voir Martinho, je vais voir les lieux et puis je rentrerai à Bruxelles le temps de liquider ce qui doit l'être et d'emballer ce que j'aurai envie d'emmener.

— C'est bien ce qui me semblait : vous n'êtes pas du tout déprimé.

— Je suis juste un peu… sous le choc, tout cela s'est fait très vite.

— Les décisions importantes se prennent toujours vite, je crois. Elles mûrissent en secret et puis, le moment venu, elles tombent en un instant. C'est comme les bourgeons, ça me fascine depuis que je suis petite, d'un jour à l'autre ils s'ouvrent et c'est le printemps.

— Oui, c'est cela, c'est précisément cela. Il y a juste que je n'ai pas encore pris la mesure de ce qui s'est passé. Et vous êtes la première personne à qui j'en parle vraiment.

Emma le regarde. Elle dit :

— Merci.

Il sourit. Dit :

— Attention, torticolis, c'est le moment de permuter.

Dans la foulée, ils décident de se lever, de faire quelques pas. Dans l'espace entre leur voiture et la suivante, le contrôleur fume une cigarette en bavardant avec une femme trop maquillée dont les longues boucles d'oreilles oscillent au rythme du train. Emma et Christopher poursuivent leur escapade. Les gens dorment. Ils rêvent. Le temps qui passe s'est mis en mode économique et silencieux. Valladolid n'est pas loin mais, pour un moment, c'est encore le bout du monde.

— Vous n'avez pas sommeil ? demande Christopher quand ils retrouvent leurs sièges.

— À peine. Et vous ?

— Pas du tout. J'ai toujours aimé vivre la nuit, quand le monde est endormi. C'est le meilleur moment pour lire, pour écouter de la musique, pour revoir des films…

— Je me suis demandé cet après-midi si vous jouiez vous-même d'un instrument.

— Non… Enfin si, un peu. Si j'avais huit ans, on dirait que, pour mon âge, je ne suis pas trop mauvais à la guitare et que je suis à l'aise devant un piano. On me conseillerait de prendre des cours et, par paresse, je n'en prendrais pas… Je deviendrais une grande personne qui joue maladroitement « Blue Moon » pour le plaisir d'avoir les doigts sur le clavier, de temps en temps. Cela me rappelle que j'ai un jour joué en public...

— Un concert ?

— Une erreur. J'ai perdu un pari et je me suis retrouvé sur scène avec le contrebassiste que vous avez vu autrefois avec moi, dans ce petit spectacle qui vous avait fait rire.

— C'était bien ?

— C'était… terrible. Mais les gens ont été très tolérants. Et le patron du club a considéré que la présence d'une chanteuse dotée d'une bonne voix et d'un look à la Kim Novak aurait peut-être pu nous valoir un rappel…

— Je ne sais pas pourquoi mais je n'arrive pas à croire que vous avez été si mauvais que cela.

— C'est parce que vous avez un bon fond. À part cela, connaissez-vous le film *Living Out Loud*, de Richard LaGravenese ?

— Peut-être…

— En français, ça s'appelait *D'une vie à l'autre,* si je me souviens bien. L'histoire était plus ou moins inspirée de récits de Tchekhov.

— Oui, je l'ai vu. Encore Holly Hunter, n'est-ce pas ? Elle avait cette presque histoire d'amour très touchante avec Dany DeVito.

— C'est à elle dans ce film-là que vous m'avez fait penser.

— Je vais devoir changer de prénom, c'est ça que vous essayez de me dire ?

— Non, rassurez-vous, Emma vous va très bien. C'est autre chose. Dans ce film, le sourire de Holly Hunter est très beau parce qu'il n'efface pas la trace de ses déceptions, de son chagrin. Il y a une pointe d'amertume, de la moquerie, un peu de colère aussi, mais c'est un sourire, un vrai sourire. Avec une véritable envie de vivre.

Elle détourne le regard. Le train a dépassé Valladolid et Medina del Campo, il va son chemin vers Salamanque. Emma respire profondément avant de parler :

— Si je ne suis pas allée à l'enterrement de mon beau-frère, c'est parce que je voulais assister à celui de l'homme qui avait été mon compagnon durant plusieurs années.

— Je suis désolé…

— C'est pour lui qu'il faut être désolé, pas pour moi. Je l'avais quitté depuis presque un an quand il est mort. C'était un fonctionnaire à la Commission européenne. Séduisant. Extrêmement brillant. Mais il galvaudait son intelligence dans la résolution de problèmes politiques et administratifs parfaitement absurdes. Et il buvait. De plus en plus. C'était effrayant. Sa voiture a quitté la route pas loin de Luxembourg. À plus de cent cinquante kilomètres à l'heure. Je l'avais revu, à sa demande, quelques semaines avant… l'accident. Il voulait que je revienne. Il voulait qu'on fasse un enfant. Je lui avais dit qu'on fait un enfant avec un homme, pas avec un gosse irresponsable…

Ne trouvant pas de mot, Christopher pose la main sur sa main. Il la serre comme il aurait serré Emma dans ses bras, très fort, s'il avait été là le jour de l'enterrement. Elle dit que ce n'est rien, que c'est mieux ainsi, que le pire aurait été qu'elle accède à sa demande, ce qui était tentant pour une femme pas loin de ses quarante ans.

Silence. Emma le rompt :

— Et vous, aucune femme dans votre vie ? Juste les enfants et le travail ?

— Vous oubliez le chien…

— C'est vrai, j'oublie l'animal.

— Ça compte pourtant. Un dogue adulte ne passe pas inaperçu. Mais je vais quand même répondre à votre question. J'ai rencontré d'autres femmes après mon divorce. Quelques-unes. Dont une avec qui j'aurais aimé partager plus que des dimanches à la sauvette. Mais je me suis fatigué de l'attendre.

— Encore une fatigue…

— Et pas la moindre.

— Si vous pêchiez une phrase dans votre livre ?

— Non, vous.

Emma fait glisser les pages entre ses doigts comme un joueur de cartes professionnel.

— « Nous sommes tous des farceurs, nous survivons à nos problèmes. » C'est de Cioran. Attendez, je vous lis la suivante : « Il faut avoir l'esprit dur et le cœur tendre. Mais le monde est plein de cœurs secs à l'esprit mou. » À vous.

— Je vais tricher. Je voudrais retrouver une citation d'Unamuno. Après tout, nous sommes en Espagne. Voici : « Rien de ce qui compte vraiment ne saurait ni se prouver ni se réfuter. »

Emma sourit avant d'étouffer un bâillement. Elle dit qu'elle va dormir un peu.

— Quand serons-nous au Portugal ?

— Dans une heure et demie, je dirais.

— Vous me réveillerez un peu avant la frontière ?

— Je n'y manquerai pas. Dormez bien. Un ex-inconnu monte la garde.

Tandis que dort Emma et que trace son chemin le train qui va vers l'océan, Christopher a sorti de sa valise un ordinateur portable et des écouteurs. Avec ravissement, il se plonge dans *Sunday at The Village Vanguard* et écoute Bill Evans, Scott LaFaro et Paul Motian comme si c'était la première fois. Ou comme si cet enregistrement n'avait pas été fait le 25 juin 1961 à New York mais hier, quelque part sur terre.

Bientôt, le train quitte l'Espagne et oblique vers la côte portugaise, vers Lisbonne. Emma feuillette un magazine. Christopher sommeille d'un œil. Guarda, Villa Franca, Pampilhosa…

Le jour s'est levé. Un soleil inattendu agrandit et multiplie le paysage. Petit déjeuner. La vie sous une forme encore lente et maladroite anime le train.

Quand Christopher rejoint Emma après un passage par le wagon-restaurant dont il ramène un supplément d'eau chaude et de confiture, elle lui donne une petite carte.

— Ne la perdez pas, ce sont les coordonnées de ma sœur. Je pense… Je crois qu'il faut que vous la rencontriez.

— Je le ferai.

— Promis ?

— Bien sûr. Pour ma part, si vous avez un peu de temps avant de regagner la Belgique, je voudrais vous proposer quelque chose. J'aimerais vous emmener quelque part. Avec votre sœur et sa fille, si vous voulez.

— Où voulez-vous m'emmener ?

— C'est très simple : au bout du monde.

— Je ne sais pas si j'aurai le temps d'aller aussi loin…

— Mais si. C'est près de Lisbonne, sur le territoire de Sintra. Et c'est *vraiment* le bout du monde. C'est le cap de Roca, Cabo da

Roca, le point le plus occidental du continent européen. Des falaises d'une centaine de mètres avec vue sur l'océan, rien que l'océan sur des milliers de kilomètres devant vous... Et après, un dîner chez Martinho.

— C'est terriblement tentant.

— Alors, c'est d'accord.

— Votre bonne humeur fait plaisir à voir ce matin.

— Une idée m'est passée par la tête cette nuit pendant que vous dormiez. J'ai vu des photos du bar-restaurant de Martinho. Et je me suis souvenu d'une remarque qu'il m'a faite. Il y a un espace inoccupé. Je me suis dit que ce ne serait pas mal d'en faire un petit club de jazz. Un ou deux soirs par semaine. Avec des musiciens locaux et, à l'occasion, des jazzmen étrangers, j'en connais beaucoup.

— Je vous ferai une pub royale dans mon magazine.

— D'accord. En échange, vous serez membre d'honneur du club. Tapis rouge à votre arrivée.

— Et thé à volonté ! Marché conclu.

Et dans la lumière du matin, se réjouissant de la chaleur que promet le soleil bien qu'il fasse certainement très froid encore, Emma et Christopher se serrent la main. Puis, doucement, irrésistiblement, ils se mettent à rire.

Les Idées des autres, de Simon Leys,
qui m'ont été offertes par Caroline Lamarche,
sont parues chez Plon en 2005.

Cet ouvrage a été achevé d'imprimer en novembre 2010
sur les presses de Normandie Roto Impression s.a.s.
à Lonrai (Orne)

*pour le compte des Éditions Robert Laffont
24, avenue Marceau, 75008 Paris*

*Composition réalisée par PCA
44400 Rezé*

Dépôt légal : novembre 2010
N° d'édition : 51202/01. – N° d'impression : 10-4119

Imprimé en France